Frédéric Édouard Schneegans

Über die Gesta Karoli Magni ad Carcassonam et Narbonam

Der Philosophischen Facultät der Ruprecht Karls-
Universität zu Heidelberg wurde als Habilitationsarbeit die
kritische Ausgabe der Gesta Karoli Magni ad Carcassonam
et Narbonam (Pseudo-Philomena), lateinischer Text mit
provenzalischer Uebersetzung und einer historischen und
sprachlichen Einleitung vorgelegt. Die ganze Arbeit wird
demnächst im Verlag von Max Niemeyer als ein Band
der von Herrn Professor W. Förster herausgegebenen
Romanischen Bibliothek erscheinen. Es wurde dem Verfasser gestattet als Habilitationsschrift den historischen Teil
der Einleitung drucken zu lassen.

Heidelberg, Januar 1897.

ÜBER DIE GESTA
KAROLI MAGNI AD CARCASSONAM ET NARBONAM.

EIN BEITRAG
ZUR GESCHICHTE DES ALTFRANZÖSISCHEN EPOS.

HABILITATIONSSCHRIFT
ZUR
ERLANGUNG DER VENIA LEGENDI
DER
PHILOSOPHISCHEN FACULTÄT
DER
RUPRECHT KARLS - UNIVERSITÄT ZU HEIDELBERG

VORGELEGT

VON

Dr. F. ED. SCHNEEGANS,
LEKTOR AN DER UNIVERSITÄT HEIDELBERG.

HALLE a. S.
DRUCK VON EHRHARDT KARRAS.
1897.

Frédéric Édouard Schneegans

Über die Gesta Karoli Magni ad Carcassonam et Narbonam

ISBN/EAN: 9783337156404

Printed in Europe, USA, Canada, Australia, Japan

Cover: Foto ©Andreas Hilbeck / pixelio.de

More available books at **www.hansebooks.com**

I.

Die unter dem Namen „Gesta Caroli Magni ad Carcassonam et Narbonam"[1]) bekannte Gründungsgeschichte des Klosters La Grasse verbindet wie der Pseudoturpin[2]) eine erbauliche Legende mit weltlichen, aus dem nationalen Epos geschöpften Motiven und Episoden. Während aber Turpins Chronik eine Sammlung von einzelnen z. T. zu verschiedenen Zeiten entstandenen Kapiteln und Erzählungen ist, die nur lose mit einander verknüpft sind, stellen sich bei näherer Betrachtung die Gesta dar als eine einheitliche Erzählung, in der die fromme Heiligenlegende mit den Episoden aus der Volkssage in eigentümlicher, schwer entwirrbarer Weise verschlungen ist. Die Sonderung der einzelnen Bestandteile des Buches, die Ergründung der Quellen wird dadurch sehr erschwert: die ursprüngliche Form der epischen Motive ist dem frommen Zwecke zu Liebe stärker verändert worden als in den entsprechenden Kapiteln des Pseudoturpin; manches erscheint dem Leser als reine Erfindung des Verfassers im Stile des Epos. So erklären sich die im allgemeinen abfälligen Urteile von

---

[1]) Der lateinische Text nach der Hs. der Bibliot. Laurenz. v. Florenz herausgegeben von Sebastiano Ciampi. Florenz 1823.

[2]) An einen Zusammenhang der beiden Texte zu denken, verbietet der Umstand, dass ausser einigen aus der Sage bekannten Namen die Gesta inhaltlich mit Pseudoturpin keinen gemeinsamen Zug bieten. Beide Texte scheinen in einzelnen Punkten auf eine gemeinsame Quelle zurückzugehen.

namhaften Kritikern, die Gelegenheit hatten sich mit unserem Texte zu beschäftigen. Aber gerade die Schwierigkeit, die der Text bietet, die Thatsache, dass er als wichtigstes Kapitel eine Episode aus der Aymerisage enthält, liessen es als erwünscht erscheinen mit einer Herausgabe der provenzalischen Uebersetzung der Gesta eine Quellenuntersuchung zu verbinden.

In einer 1891 erschienenen Arbeit [1]) über Philomena, auf die ich im Folgenden werde hinweisen müssen, habe ich nachzuweisen versucht, dass die Gesta nicht als ein wertloses Lügengewebe zu betrachten sind, sondern zu der Gattung mehr oder weniger harmloser, in einer unkritischen Zeit möglicher Compilationen gehört, an denen die mittelalterliche Kloster- und Heiligenlitteratur reich ist. [2]) Wem der Sinn für die historische Entwickelung der Dinge fehlt, der kommt leicht auf den Gedanken, dass die Kirche in der er betet, das Kloster in dem er lebt, immer so ausgesehen haben, wie er sie sieht, zumal wenn die Mauern, die ihn umgeben, die Zeichen jahrhundertelangen Bestehens an sich tragen. In der Lage befand sich im 12. Jahrhundert ein Mönch des Klosters La Grasse bei Carcassonne. Er wusste, dass das Kloster zur Zeit Karls des Grossen gegründet worden war, Urkunden und die Tradition sprachen von dem grossen Kaiser. Erhielt er nun den Auftrag ein Buch zu Ehren seines Klosters zu schreiben, so musste er folgerichtig alle Klosterbauten, alle Einrichtungen, wie er sie täglich vor Augen hatte, auf den ersten Wohlthäter des Klosters, Karl den Grossen, zurückführen [3]), der zwar

---

[1]) Quellen des sogenannten Pseudo-Philomena und des Officiums von Gerona zu Ehren Karls des Grossen (Strassburg. Inaug.-Diss.).

[2]) z. B. die anonyme Vita S. Wilhelmi Gellonensis, deren Entstehung aus der älteren Vita des Ardo, wie die der Gesta, der combinierenden Thätigkeit eines frommen für sein Kloster begeisterten Mönches zu verdanken ist. of. Dissert. p. 21 f.

[3]) Wie im Epos Karl der Grosse zum Vorkämpfer der Christenheit gegen die Heiden wird, so werden ihm auch in der erbaulichen halb gelehrten, halb volkstümlichen Tradition Gründungen von Kirchen und Klöstern zugeschrieben: Das Kloster Montmajour bei Arles besitzt eine Kapelle, die im Jahre 1019

nicht persönlich in der Gegend war, wohl aber die Gründung des Klosters durch Nimfridus urkundlich bestätigt hatte.[1]) Von diesem leichterkläriichen Vorurteile ausgehend, können wir mit einiger Wahrscheinlichkeit den Weg bestimmen, den die Phantasie des Verfassers eingeschlagen hat, wenn auch in vielen Fällen bestimmte schriftliche Quellen ihm offenbar nicht vorlagen. Er wird sich zunächst nach Dokumenten aller Art umgesehen haben, die auf die Klostergeschichte sich bezogen; mit welcher Genauigkeit und welcher Konsequenz er dabei vorging, zeigt ein Beispiel, auf das ich in obiger Arbeit bereits hingewiesen habe: aus einer Stelle einer Urkunde von 806[2]), in der Karl dem Kloster „vallem Borianam, que nunc Lizinianus appellata, in comitatu Narbonnensi" giebt, macht er eine Schenkung Aymeri's von Narbonne, der „in presentia Karoli dedit Monasterio et abbati Borianam que hodie Lizinianus vocatur". Durchmustern wir die Sammlung von Urkunden des Klosters in Mahul: Cartulaire de Carcassonne Bd. II, so finden wir eine Reihe von Momenten, welche die Bildung der Gründungssage des Klosters erklären: ausser der Urkunde, durch die Karl der Grosse die Gründung des Klosters bestätigt und der obenerwähnten

---

eingeweiht wurde; nichts desto weniger wurde im 13. Jahrh. in einer bekannten Inschrift die Gründung der Kapelle auf Karl den Grossen zurückgeführt: „cum Serenissimus princeps Karolus | magnus Francorum rex civitatem Arelatem quae ab infidelibus | detinebatur obsedisset et ipsam vi armorum cepisset" u. s. w., womit angeknüpft wird entweder an die epischen Erzählungen von Aliscamps (im Epos ist aber Karl als schon gestorben gedacht) oder an die Kämpfe Karl Martel's gegen die Sarrazenen in der Provence. s. darüber und über andere vermeintliche Gründungen Karls des Grossen (dessen Name in der mittelalterlichen Archaeologie typisch wird wie der König Salomos für Gegenstände des antiken Kunstgewerbes, Vasen, Schalen, oder der Sarrazenen für römische Bauten) Quicherat: „Mélanges d'archéologie et d'histoire" 1886. Bd. II, p. 333 ff. É. Müntz: Etudes iconographiques et archéologiques sur le moyen-âge. Paris 1887. I. série: La légende de Charlemagne dans l'art du moyen-âge. p. 75 ff.
[1]) S. Gallia Christ. VI. Instrum. Ecclesiae Carcass. p. 411.
[2]) S. Gallia christ. VI. p. 936.

1*

— 4 —

Urkunde von 806, finden wir im 9. Jahrh. a. 855, 863, 876 Urkunden von Karl dem Kahlen, 899 eine von Karl dem Einfältigen; nach dem bekannten in der Entwickelung des altfranzösischen Epos so oft beobachteten Prinzip wurden in der Phantasie der Klosterangehörigen alle Urkunden der späteren Zeit auf den einen Karl den Grossen übertragen. Unter den Zügen, welche die Gesta den Urkunden des Klosterarchivs entnommen haben, hebe ich noch hervor die von Karl dem Kloster zugesprochene Freiheit von jeglicher weltlicher Gerichtsbarkeit, die direkte Abhängigkeit des Klosters von der römischen Curie, das Recht der eigenen Abtwahl, Privilegien, die sich auf eine Urkunde Karls vom Jahre 807 und eine päpstliche Bulle von c. 816 gründen.[1]

Die Gründungsgeschichte des Klosters wurde erweitert, ausgeschmückt durch legendarische Nachrichten, teils aus der Klostertradition geschöpft, teils vom Erzähler selbst zurechtcombiniert. Als eigentliche Gründer des Klosters gelten sieben Eremiten, deren wunderbare Auffindung durch Karl den Grossen und deren Märtyrertod die Hauptelemente des legendarischen Teiles der Gesta bilden; den Ausgangspunkt für die Erzählung finden wir in der Thatsache, dass in der authentischen Gründungsurkunde erwähnt wird, La Grasse sei „intra eremum" gegründet worden. Verbindet man mit dieser Nachricht die entgegengesetzte Vorstellung, welche in der Phantasie des Volkes durch den Namen „Lagrasse" hervorgerufen wurde, so hat man das Grundmotiv der Erzählung: eine von einem oder mehreren Einsiedlern bewohnte Gegend wird durch das thätige Eingreifen des grossen Kaisers und Kirchengründers in eine reiche, fruchtbare Abtei verwandelt. Die Siebenzahl der Einsiedler, ihre Namen[2], die Charaktereigenschaften, die

---

[1] Andere Uebereinstimmungen zwischen den Gesta und den urkundlich bezeugten Thatsachen werden in den Anmerkungen Erwähnung finden.
[2] Vielleicht ist es kein Zufall, dass in der Vida de S. Honorat als Vater des Heiligen ein König von Ungarn genannt wird und in den Gesta einer der Eremiten der Sohn eines ungarischen Königs ist.

ihnen beigelegt werden, sind vielleicht aus dem Vor-
handensein von Gräbern vor dem Altar und dem Stuhle
des Abtes zu erklären, wo nach den Gesta die sieben
Märtyrer beigelegt wurden. Die weiteren Elemente der
Sage sind offenbar durch Compilation und Combination
entstanden, wie die meisten Litteraturwerke des Mittel-
alters: neben dem Schatze von Märchen und weltlichen
Sagenmotiven gab es im Mittelalter einen ebenso reichen
Schatz von Legenden, frommen Erzählungen, einzelnen
legendarischen Motiven und Wundern, herrenloses Gut, das
ein Zufall an bestimmte Persönlichkeiten fixiert; so haben
sich aus den historischen Figuren die epischen Helden
entwickelt, so sind viele Heiligenlegenden entstanden. Das
Leben der Einsiedler musste stark auf die Volksphantasie
einwirken, bestimmte Situationen prägten sich ihr ein; so
ist im Volksepos und im höfischen Roman die Auffindung
eines Eremiten durch einen Jäger oder einen fahrendan
Ritter ein häufiges Motiv, das sich in der Wirklichkeit oft
wiederholen musste; das zurückgezogene Leben, das die
Eremiten in der Waldeinsamkeit führten, musste sie in ein
intimes Verhältnis zu den Tieren des Waldes bringen.[1]
Von den zahlreichen ganz ähnlichen, Erzählnngen seien
nur einzelne erwähnt (s. G. Paris und Bos: Vie de St.
Gilles. Einleitung p. LIX—LXIV [Société des anc. textes],
wo weitere Beispiele aus der Legendenlitteratur gesammelt
sind). Der hl. Egidius, ein Grieche von Geburt, lebt als
Einsiedler in der Wildnis bei der Rhônemündung und
nährt sich von Kräutern und Wasser und der Milch einer
Hirschkuh, die in seiner Höhle wohnt. Die Jäger eines
Gothenkönigs, den die Sage Flavius nennt, verfolgen einst
das Tier, das sich in die Höhle des Heiligen flüchtet.
Die Hunde bleiben vor der Höhle wie festgebannt stehen.
Am nächsten Tage ereignet sich dasselbe Wunder in
Gegenwart des Königs und des Bischofs von Nîmes; aber
einer der Begleiter des Königs schiesst auf die Hindin und

---

[1] Man denke an den ganz ähnlichen Zug im Charakter des
heiligen Franciskus, der sich in den rührenden Erzählungen der
Fioretti wiederspiegelt.

verwundet den Heiligen. Der König schenkt dem Heiligen
die Stätte, wo er dann ein Kloster baut (St. Petrus in Valle
Flaviana, später S. Egidius).[1]) Aehnlich erzählt die Vita
S. Karilefi (v. G. Paris: Vie de St. Gilles), dass der Heilige
bei Le Mans in der Wildnis lebt mitten unter den Tieren
des Waldes. Ein Büffel wird einst von König Childebert
verfolgt und flieht zu den Füssen des Heiligen. Der König
zürnt zuerst, wird aber durch ein Wunder umgestimmt und
schenkt dem Eremiten Ländereien zu einer Klostergründung.
In der Vida de S. Honorat wird erzählt, dass der Heilige
in seiner Jugend auf der Jagd einen Hirschen verfolgt,
sich im Walde verirrt und drei Einsiedler trifft; der „Hirsch
legt sich neben Honorat“. Er gehorcht dem Befehl der
Eremiten und führt den Jüngling zu seinen Begleitern
zurück: die Beschreibung der Armut der Eremiten, ihr
Verhältnis zu den Tieren („totas nos son obedientz — e
fan nostres comandamentz“ Vida d. S. Hon. ed. Sardou p. 10)
erinnern lebhaft an die Erzählung der Gesta.[2]) Dass die
„Entdeckung“ von Einsiedlern ein der Wirklichkeit ent-
nommener Zug ist, beweisen folgende Stellen, die Flach:
Origines de l'ancienne France II p. 146 f. 178 f. anführt:
in einer Urkunde heisst es von einer Waldkapelle: „cincta
undique silva densissima, quam passim incisam, aliqui ho-
mines undecumque advenantes habitacula sibi commoda

---

[1]) Lateinische Vita bearbeitet von Baillet: Vie des Saints
Bd. VI. 1. Septembre S. 2. Hist. génér. de Languedoc 2. Ausg.
I p. 555 f. III, 288. — poëtische Vita: Ausg. v. G. Paris und Bos
(Soc. des anc. textes).
[2]) Auf eine Stelle im Epos Doon de Maience, wo ein von
Jägern verfolgter Hirsch in die Behausung eines Eremiten flieht:
„pour estre à sauveté“ und feierlich in Schutz genommen wird,
weist Flach hin in „Origines de l'ancienne France“ II p. 146.
Diese Erzählung ist offenbar der Legendenlitteratur entnommen,
was nicht ohne Bedeutung ist, da auf der Weltflucht Gui's (die
im Folgenden erzählt wird) der weitere Verlauf des Gedichtes
beruht. Wir haben also hier ein Beispiel des Eindringens des
religiösen Elementes in das Epos (cf. z. B. der zweite Teil von
Raoul de Cambrai). Die Erzählung in Doon de Mayence scheint
eine Verbindung der zwei oben erwühnten Motive zu sein: Zorn
des Jägers über den von dem Eremiten dem verfolgten Wild
geschenkten Schutz und Verwundung des Eremiten.

praepararunt in circuitu praedicti oratorii". Noch mehr
erinnert an die Erzählung der Gesta eine Stelle der Vita
S. Gerardi: „Silva autem in circuitu tam densa vepribus
et sentibus creverat, quod nullus ad ecclesiam appropin-
quare poterat nisi gladio aut alio aliquo ferramento prius
iter fecisset" (AA. SS. Ben. Saec. VI 2. T. p. 886 v. Flach l. c.
p. 178) vgl. Gesta: „audierunt strepitum exercitus qui
aperiebat vias cum ensibus et aliis ferramentis frangendo
arbores et romices, ut ad locum heremitanorum possent sine
impedimento pervenire".

Die ganze Klosterlegende ist also nicht etwa aus einer
bestimmten schriftlichen Quelle gezogen, sondern das Leben
hat dem Verfasser die Elemente seiner Darstellung gegeben, wozu Erinnerungen aus der Legendenlitteratur
hinzukamen: daher die frische, lebendige Darstellung in
den Anfangskapiteln der Gesta, die von der trockenen
Form der weltlichen Erzählungen absticht. Auch die anderen Züge der Legende lassen sich, wie mir scheint, auf
ihren Ursprung zurückführen. Es wird erzählt, dass nach
der Gründung des Klosters die sieben Eremiten „in monte
ville bercianis" sich zurückziehen und von den Mönchen
Brod, Wein und zwei Diener beziehen. Unweit von La
Grasse in dem Orte „Villebersas oder Villeberçans" befand
sich eine Kapelle des Heil. Assisclus, die im 10. Jahrh.
bereits in den Besitz des Klosters La Grasse überging und
noch im 17. und 18. Jahrh. von Einsiedlern bewohnt
wurde. Aus einer Abrechnung der Einkünfte und Aus-
gaben des Klosters aus dem Jahre 1682 erfahren wir, dass
in Villebersas sich drei Einsiedler befinden und dass die
Aebte von La Grasse jedem „3 sestiers de bled" und „3
charges de vin" zu liefern haben. Ob diese Zustände
schon im Mittelalter bestanden, lässt sich nicht nachweisen,
wird aber durch die Erzählung in den Gesta wahrscheinlich. Was endlich den letzten Teil der Klosterlegende
betrifft, die wunderbare Consecration der Klosterkirche
durch Christus und die Engelschaaren, so haben die Gesta
wiederum eine sonst vorkommende Wundererzählung benutzt. Auffallende Aehnlichkeit zeigt die Consecration
des Klosters Figeac (Dép. Lot) wie sie in einer der Hand-

schriften von Adhemarus Cabannensis: Historiarum libri III, Buch I (M. G. SS. IV, p. 114 f. Anm.) erhalten ist. Pipin begiebt sich nach der Consecration von St. Denis nach Aquitanien, wo er den Bau des Klosters Figeac unternommen hatte. Zur Einweihung erscheint Papst Stephanus: „nocte consecrationis diem precedente a nonnullis voces psallentium in aecclesia eadem auditae sunt et die illuscente subito nubes densissima suavissimo fragrante hodore totam ipsius templi superficiem ita cohopernit, ut omnino ingredi volentibus aditum denegaret. Circa vero illius terciam diei horam nube discedente dominus papa Stephanus cum coepiscopis ac clericis et rex serenissimus Pipinus aecclesiam ingredientes parietes et altaria sacra unctione divinitus consecrata conspexerunt“, worauf sie dem Kloster Ländereien schenken und ähnliche Privilegien zuerteilen wie Karl der Grosse dem Abte von Lagrasse.

Weiteren Stoff zur Bildung der Gesta boten die geschichtlichen Ereignisse. Wenn erzählt wird, dass, nachdem Aymeri mit Narbonne belehnt worden ist, der Kaiser den neuen „Herzog“ veranlasst, dem Abte den Vassalleneid zu leisten, so findet dieses an sich befremdliche Faktum seine Bestätigung in der Geschichte. Hundert Jahre vorher leistet Bernhard Ato, Vizegraf von Carcassonne, den Vassalleneid „pro castris et villis et locis que ab ipso (dem Abte von La Grasse) et ejus predecessoribus et antecessores mei in feudum et ego tenere debebam sicut ipsi tenuerunt“, er verspricht zugleich, dass bei jeder Abtwahl er und seine Nachfolger auf eigene Kosten den neuen Abt besuchen werden „et cum abbas ascenderit in equum debeo et ego et heredes mei vicecomites Carcassonenses ac eorum successores ei tenere strepum“.[1]) Dieser Huldigungsakt wurde nun auf Aymeri übertragen, der in der Vor-

---

[1]) Was hier vom Vizegrafen von Carcassonne gesagt ist, scheint in den Gesta auf den Bischof von Carcassonne übertragen zu sein, dem der Papst die Verpflichtung auferlegt, jährlich auf Wunsch des Abtes in La Grasse die Messe zu lesen und die Beichte der kranken Mönche entgegenzunehmen, wogegen der Abt ihm „palafredum suum in signum dilectionis“ geben soll.

stellung des Autors zum Herrscher sowohl über Narbonne
wie über Carcassonne geworden war. Treten wir nun der
Gestalt dieses Aymeri näher, so fällt uns auf, dass während im Epos Aymeri als Graf bezeichnet wird, er in den
Gesta Herzog ist. Nach der Einnahme von Narbonne
durch Karl den Grossen wird die Stadt in drei Teile ge-
teilt: der Erzbischof erhält das eine Drittel, die Juden,
durch deren Verrat die Stadt in die Hände der Christen
gelangt, das zweite Drittel, Aymeri erhält den Rest. Er
wird reich entschädigt dadurch, dass ihn der Kaiser zum
Herrn über eine Reihe von Städten der Languedoc und
von Nord-Spanien macht. Uebersieht man die Liste der
Städte, so fällt auf, dass die Namen nicht planlos zu-
sammengestellt sind, sondern drei gesonderten Gebieten
angehören, zunächst dem Gebiete nordöstlich von Narbonne
mit Béziers, Agde, Maguelonne, Uzès, Nîmes und an der
Rhône aufwärts mit Arles, Avignon, Orange bis Lyon (Valence und Vienne sollen einem Oheim Aymeris angehören,
dem auch sonst in den Gesta erwähnten Girard de Vienne).
Das zweite Gebiet umfasst die Städte Rhodez, Lodève,
Cahors, Albi mit Toulouse als Hauptstadt, wozu hinzutritt
Carcassonne und „Reddensem" = pagus Reddensis, zum
Bistum Narbonne gehörig. Im dritten Gebiete liegen die
Städte Gerunda, Barcelona, Terragona und nördlich von
den Pyrenäen Helne, Empurias, Collioure. Aymeri wird
„per Narbonam dux" „per Tholosam comes, per civitates
marchio". Es ist klar, dass wir es hier nicht zu thun
haben mit dem Aymeri de Narbonne wie er uns in den
Epen des Wilhelmcyklus entgegentritt. Im Epos ist
Aymeri Graf, der Verwaltungsbeamte der karolingischen
Zeit, der die königliche Autorität in Narbonne vertritt.
In den Gesta dagegen sehen wir in einer Hand vereinigt
Narbonne, einen Teil der Provence, die Grafschaft Tou-
louse und Septimanien mit der Spanischen Mark. Der
Aymeri der Gesta ist also in Wirklichkeit Graf von Tou-
louse. Auch in diesem Falle hat also der Verfasser der
Gesta in die sagenhafte Vergangenheit Verhältnisse der
Gegenwart verlegt, während umgekehrt in den Erzählungen
des Epos die Vergangenheit jahrhundertelang in der Gegen-

wart fortlebt. Es ist klar, dass für den Verfasser der
Gesta Narbonne und Toulouse untrennbar waren und er
kein besonderes Interesse daran hatte als Wohlthäter des
Klosters den Vizegrafen von Narbonne hinzustellen, wohl
aber den mächtigen Grafen von Toulouse. Das Gebiet,
das Aymeri in den Gesta erhält, entspricht ungefähr dem-
jenigen der Grafen von Toulouse in der Zeit ihrer grössten
Machtentfaltung im 12. Jahrhundert, obgleich man keine
allzu genaue Fixierung der Grenzen in den Gesta erwarten
darf, bei den überaus verwickelten durch Verträge und
Erbschaften komplizierten Verhältnissen der Vassallen-
staaten des 11. und 12. Jahrhunderts. Schon im 9. Jahrhundert war Narbonne Herzogtum, das im 10. Jahrh. den
Grafen von Rouergue gehört, im 11. Jahrh. in die Hände
der Grafen von Toulouse übergeht, die den Titel Herzöge
von Narbonne annehmen. Narbonne wird die Hauptstadt
der Markgrafschaft Gothien, die ebenfalls, seit 1093, von
den Grafen von Toulouse abhängt und zu der die — in
den Gesta erwähnten — Städte Agde, Béziers, Minerve,
Nîmes gehören. Im 11. Jahrh. erweitert sich das Gebiet
der Grafen von Toulouse um die Markgrafschaft Provence,
wohl in Folge der Heirat des Grafen Wilhelm Taillefer
mit Emma, Tochter des Grafen Rotbold. 1125 erfolgt ein
Teilungsvertrag zwischen Alfons Jordan, Graf von Toulouse, und Raymund Berengar III., Graf von Barcelona;
der Graf von Toulouse erhält einen Teil des Gebietes
zwischen Durance und Isère und verzichtet auf das Gebiet zwischen Durance, der Rhône und dem Meere.[1]) Die
Titel, die Aymeri bei seiner Belehnung zuerteilt werden,
entsprechen den historischen Verhältnissen: Graf von Toulouse, Herzog von Narbonne. Mit „per civitates Marchio"
ist offenbar gemeint die Markgrafschaft Gothien (oder Septimanien) und die Markgrafschaft der Provence. Auffallend
ist dagegen, dass auch die spanische Mark (mit den Haupt-
städten Cataloniens) Aymeri geschenkt wird, während bereits
865 die spanische Mark von Septimanien getrennt wurde

---

[1]) Hist. générale de Languedoc II p. 266 Note 87. III 453.
Longnon: Atlas hist. de la France Blatt XI und XII und texte
livraison 3 p. 213 ss.

und dem Grafen von Barcelona unterworfen wurde.[1]) Die
Grafen von Barcelona blieben nominell von den französischen Königen abhängig, bis ihre Unabhängigkeit offiziell
anerkannt wurde 1258.[2]) In diesem Punkte also stimmen
die Angaben der Gesta mit der Geschichte nicht überein,
wenn man nicht etwa annehmen darf, dass die Erinnerung
an die einstige Ausdehnung des Erzbistums Narbonne mit
eingewirkt habe: dasselbe umfasst in karolingischer Zeit
Uzès, Toulouse, und die catalanischen Städte Urgel, Barcelona, Gerunda, Ausona. Nach vergeblichen Versuchen
der Grafen der Spanischen Mark die Städte ihrer Provinz
der Autorität der Erzbischöfe von Narbonne zu entziehen,
erfolgte 1091 die offizielle Trennung durch Urban II., der
Terragona als Metropolis der Spanischen Mark einsetzte.
Ganz unberechtigt ist die Belehnung Aymeris mit Städten
des mittleren Rhônethales, die zum Königreiche Burgund
gehörten. Hier mögen epische Vorstellungen aus der karolingischen Zeit dem Autor vorgeschwebt haben. Vielleicht
kannte er Epen aus dem Wilhelmcyklus und wusste, dass
Wilhelm und seine Verwandten Städte an der Rhône erobert hatten, Nîmes, Orange, Vienne u. s. w. So würde
auch die Bemerkung Karls, er könne Aymeri die Städte
Valence und Vienne nicht geben, weil sie einem Verwandten (Onkel) Aymeris gehörten, ihre Erklärung finden.
In eigentümlicher Weise vermischt sich also in der Phantasie des Autors die Vorstellung des epischen Aymeri,
dem er seinen Beinamen de Narbonne lässt, mit der historischen Figur der mächtigen Grafen von Toulouse: dass
diese Umgestaltung des epischen Helden dem Verfasser
der Gesta zuzuschreiben ist, zeigt der Umstand, dass in
andern Teilen des Buches ganz Südfrankreich in den
Händen der Sarrazenen ist, wie in den Epen des Wilhelmcyklus; eine Schwierigkeit, welche die Gesta umgehen
durch die Bemerkung, dass Karl Aymeri zunächst mit den
schon eroberten Städten belehnt, die Herrschaft über die
anderen Gebiete ihm aber verspricht.

---

[1]) Hist. génér. de Languedoc II p. 237 (éd. Mabille).
[2]) s. Longnon: Atlas hist. de la France. texte 3ᵉ livraison.

Suchte der Verfasser der Gesta eine passende Rahmenerzählung, in die er die Gründungsgeschichte seines Klosters einflechten konnte, so boten sich ihm zwei Quellen dar, historische Aufzeichnungen und die epischen Erzählungen über die Kämpfe Karls des Grossen in Südfrankreich. Beide Quellen haben ihm offenbar das Material zu seinem Werke geboten.[1]) Ihre Scheidung, wie erwünscht sie auch wäre, ist überaus schwierig, zumal die Gesta den Haupthelden der Kämpfe in Südfrankreich gegen die Mauren, den Markgrafen Wilhelm nicht gekannt zu haben scheinen. Zunächst möchte es scheinen als hätten die Gesta dem epischen Schatz nur einige Gestalten entnommen, deren Namen von Mund zu Munde flogen und sie in einer frei erfundenen Erzählung willkürlich verwertet: es sind allerdings wesen- und charakterlose Erscheinungen, mit denen wir es hier zu thun haben, alle gleich ausgezeichnet durch körperliche Kraft; die vielen Kämpfe, an denen sie sich beteiligen, gleichen sich und könnten recht wohl das Werk auch eines dichterisch wenig beanlagten Mönches sein. Aber aus der farblosen Eintönigkeit der Darstellung heben sich einige Züge heraus, die sicher bestimmten Epen entnommen sind. Auffallend ist zunächst die Thatsache, dass die Gesta die Figuren der zwei epischen Sagenkreise der Königsepen und der Wilhelmsepen scharf scheiden. In den ersten Kapiteln wird uns eine von den bekannten etwas abweichende Liste der 12 pairs[2]) gegeben, deren Hauptfiguren den Karlsepen entnommen sind und im ersten Teile des Buches sind Roland, Olivier, Turpin mit Karl die Träger der Handlung. Mit dem Beginn der Kämpfe vor Narbonne tritt unerwartet Aymeri auf, dessen plötzliches Erscheinen dadurch erklärt wird, dass er und seine

---

[1]) In wieweit die Verbindung der historischen und legendarischen Züge, die wir in den Gesta vorfinden, dem Verfasser dieses Buches zuzuschreiben ist oder bereits in der vorauszusetzenden von ihm benutzten Quelle vollzogen war, lässt sich im Einzelnen nicht mehr bestimmen. Auf diese Frage werden wir im zweiten Abschnitt zurückkommen.

[2]) S. Anmerkungen.

Verwandten 16 Tage fern vom Heere verweilt haben;
wenige Seiten vorher ist aber erzählt worden, dass Aymeri
bereits einen ersten Angriff auf die Stadt gemacht hat.
Die Erzählung der Einnahme von Narbonne ist offenbar
einer andern Quelle entnommen als die ersten Kapitel der
Gesta. In der obenerwähnten Arbeit habe ich versucht
die zwei Hauptepisoden auf ihren Ursprung hin näher zu
prüfen. Ich glaubte in der Erzählung von der Schenkung
Narbonnes an Aymeri die ursprüngliche Form der Sage
erkennen zu dürfen, welche die Eroberung von Narbonne
vor einen Zug der Christen nach Ostspanien setzte. Im
Allgemeinen scheint mir auch jetzt diese Ansicht haltbar.
Sie ist begründet auf der Thatsache, dass zahlreiche Anspielungen die Existenz einer epischen Darstellung der
Kämpfe in Languedoc und Ostspanien beweisen und dass
die Einnahme von Narbonne in diesen Zusammenhang
passt, während sie sich nur gewaltsam mit dem im Rolandslied erzählten Zuge nach Spanien verbinden lässt. Wir
haben hier offenbar zwei in verschiedenen Zeiten entstan-
dene Sagen zu scheiden, die später im Epos Aymeri de
Narbonne zusammengeflossen sind. Während das Rolandslied nordfranzösischen Ursprungs ist, scheinen die Sagen,
welche die Kämpfe der Christen in Südfrankreich behandeln, dem Süden, dem provenzalischen Gebiet anzugehören.
Seit den ersten Einfällen der Sarrazenen in Südfrankreich wurde zwischen Christen und Heiden um den Besitz
Narbonnes gekämpft. Die Hauptmomente dieses verzwei-
felten Ringens um die Herrschaft in Frankreich sind be-
kannt: Schon 721 wird die Stadt durch die Sarrazenen
unter dem Kalifat von El-Samah erobert und bleibt in
ihren Händen, nachdem sie bei Toulouse durch Odo,
Herzog von Aquitanien, besiegt worden waren. 732 wurden
die Sarrazenen von dem Grafen Maurontes von Marseille
gegen Karl Martel zu Hülfe gerufen und besetzten vier
Jahre lang die Provence, bis sie durch das siegreiche
Vordringen Karls gezwungen wurden, sich nach Narbonne
zurückzuziehen und an dem Flüsschen Berre eine blutige
Niederlage erlitten. Narbonne blieb trotzdem in ihrer
Gewalt bis zum Jahre 759, in dem die Stadt nach 7 jähriger

Belagerung durch den Verrat der gothischen Bevölkerung den Christen überliefert wurde. Diese Niederlage der Mauren an dem Flüsschen Berre lebt nach P. Rajna[1]) in dem fünftägigen Kampfe bei Narbonne und der Flucht Marsile's nach Spanien fort, wie sie die Gesta erzählen: zu diesen Elementen, deren Grundlage zu suchen ist in den Kämpfen des 8. Jahrhunderts, tritt ¦eine zweite Reihe historischer Ereignisse hinzu: die letzten Versuche, welche die Heiden gemacht haben, um sich dauernd in Südfrankreich niederzulassen, in Raubzügen, denen durch die Heldenthaten des Markgrafen Wilhelm ein Ende gemacht wurde. Becker[2]) scheint mir mit Recht nachgewiesen zu haben, dass die Entscheidungsschlacht am Flüsschen Orbieu nicht die Grundlage ist für die Schlacht bei Aliscans wie sie in dem gleichnamigen Epos erzählt wird. Dass aber ein so gewaltiges Ereignis wie das heldenmütige Ringen der Christen am Orbieu in einer Zeit, in der unbedeutendere Thaten in der Dichtung weiterlebten, ohne Nachklang im Epos geblieben wäre, ist an sich unwahrscheinlich. Spuren davon glaube ich in den Gesta erkennen zu dürfen. Wichtig ist für uns die Erzählung von zwei Angriffen auf das Kloster La Grasse, die wir bei genauerer Prüfung als Parallelversionen erkennen und die so wenig in den Zusammenhang der Darstellung passen, dass sie unmöglich Erfindung des Verfassers der Gesta sein können. Nachdem der erste Angriff der sarrazenischen Könige der Provence zurückgeschlagen worden ist, erfährt Karl der Grosse, der im Norden von La Grasse bei Camplong weilt, dass in der Nacht fünf Könige La Grasse angegriffen haben. Mit auffallender topographischer Genauigkeit werden die Oertlichkeiten aufgezählt, durch welche die Sarrazenen ziehen: von monasterium Palatii (j. Les Palais an dem Flüsschen Nielle) ziehen sie nach Süden über St. Laurent (de la Cabrerisse) per ripariam Tornisharni (j. Tournissan), überschreiten das Flüsschen Orbieu und ziehen über Miralha

---

[1]) Le origine dell' epopea francese p. 228.
[2]) Die altfranzösische Wilhelmsage und ihre Beziehung zu Wilhelm dem Heiligen. p. 48 f.

(j. Mirailles S. W. von La Grasse) nach Caslar (j. Notre-
Dame du Carla) am Flüsschen Alsou, das bei La Grasse in
den Orbieu sich ergiesst. Von hier aus versuchen sie das
Kloster anzugreifen, werden aber zurückgeschlagen und
verzichten auf ein weiteres Vordringen „propter difficul-
tatem introitus". Turpin zieht gegen die Heiden aus und
greift sie von zwei Seiten an, westlich von Rieux (apud
Rivos) südlich von Caunettes aus. Das heidnische Heer
wird geschlagen und flieht nach Süden bis Sorracum (j.
St. Martin de Sousac). Mit der Erzählung dieses Angriffes
ist in seltsamer Weise verknüpft die Darstellung eines
Angriffes von sarrazenischen Königen südfranzösischer
Städte, die von der Provence aus Karl den Grossen angreifen: den Schluss der beiden Erzählungen, die der Verfasser nicht von einander zu scheiden vermocht hat, bildet
eine Doppelschlacht, in der die beiden Sarrazenenheere
von Karl und von Roland geschlagen und bis Narbonne
zurückgetrieben werden. Matrand, König von Narbonne,
zieht sich in die Stadt zurück.[1]) Aus der sehr wirren
Darstellung, in der sich die oben geschiedenen Erzählungen
kreuzen, ergiebt sich mit Sicherheit die Thatsache, dass
der Angriff der fünf sarrazenischen Könige auf das Kloster
La Grasse von Nord-Osten aus geschieht. Nun wird an
späterer Stelle die Erzählung des Angriffes auf La Grasse
wiederholt und zwar so übereinstimmend, dass an ein zu-
fälliges Zusammentreffen nicht zu denken ist. Diesmal
sind die fünf Könige zu Königen von fünf catalanischen
Städten geworden. Sie wollen nicht das christliche Heer
angreifen, weil sie schon einmal die Macht Karls und der
Seinen „erprobt" haben (jam eos temptavimus), sondern
wollen La Grasse zerstören und die Zelle der sieben Eremiten, der Gründer des Klosters, die sich auf einen Berg
im Süden von La Grasse zurückgezogen haben. Obgleich
sie aber von Süden aus kommen sollten, legen sie denselben oben beschriebenen Weg zurück, greifen wiederum
das Kloster von Nord-Osten aus an. Bei der auffallenden

---

[1]) s. Dissertat. p. 37 ff., wo im Einzelnen die verschiedenen
Episoden mit einander verglichen werden.

Genauigkeit der geographischen Angaben ist diese In-
consequenz in der Darstellung nur dadurch zu erklären,
dass der Verfasser der Gesta einen ihm vorliegenden Bericht willkürlich bearbeitet hat. Denn sollte die ganze
Darstellung von ihm erfunden sein, so hätte er unmöglich
bei seiner genauen Kenntnis der Topographie die Sarrazenen den eben geschilderten Weg zurücklegen lassen.
Erzählt wird also in doppelter Form wie ein von fünf
sarrazenischen Königen befehligtes Heer von N.O. aus
in die Gegend von La Grasse zieht, dort am Orbieu geschlagen wird und nach Süden flieht. Dürfen wir nicht
in dieser Erzählung eine Reminiscenz an die Schlacht am
Orbieu erblicken oder wenigstens an einen Angriff einer
Abteilung des sarrazenischen Heeres auf das Kloster La
Grasse. Die Art wie diese Episode in die Erzählung ein-
geflochten wird beweist, dass hier eine bereits vorhandene
Schilderung des Ereignisses von den Gesta oder deren
Vorlage benutzt worden ist. Leider lässt sich aus den
Angaben der Chroniken nicht genau ermitteln, wo die
Schlacht stattgefunden hat. Wir wissen, dass die Heiden
unter Abd-al-malek einen Zug nach Südfrankreich unter-
nahmen, Narbonne, den Stützpunkt ihrer kriegerischen
Unternehmungen auf französischem Boden, umsonst angriffen, die Vororte der Stadt verbrannten und gegen Carcassonne vorrückten.[1]) Da trat ihnen Wilhelm, Graf von
Toulouse, entgegen und zwang durch seinen mannhaften
Widerstand die Heiden zum Rückzuge nach Spanien. Wo
geschah dieser Zusammenstoss? Die Bezeichnung Schlacht
von Villedaigne wurde zuerst aufgestellt durch die Verfasser der Histoire générale de Languedoc und ging von
da über in Reynaud's „Invasion des Sarrasins", in Gautier's
Epopées. Diese Bezeichnung ist entstanden aus der Bemerkung, die Sarrazenen seien mit Wilhelm auf dem Wege
von Narbonne nach Carcassonne zusammengetroffen: Villedaigne, wo die Staatsstrasse von Toulouse nach Narbonne
den Orbieu überschreitet, schien den Angaben der Chroniken zu entsprechen. Becker[2]) macht aber darauf auf-

---

[1]) s. Reinaud: Invasions des Sarrasins p. 100 ff.
[2]) Die altfranz. Wilhelmsage p. 47 und Anm.

merksam, dass die Strasse von Narbonne nach Carcassonne
im 8. Jahrhundert wahrscheinlich südlicher bei Pont-d'Or-
naisons den Orbieu überschritt, dass also der Zusammenstoss
vielleicht in dieser Gegend geschah, dass aber ebenso gut
die Sarrazenen durch das Gebirge über La Grasse nach Carcassonne ziehen konnten. Die Schlacht hätte dann in der
Umgegend des Klosters stattgefunden, eine Ansicht, die
schon von der Histoire générale aufgestellt wird und von
Cros-Mayrevieille: Histoire du Comté de Carcassonne p. 137
(bei Mahul: Cartulaire de Carcassone II p. 461) wieder
aufgenommen wurde. Freilich lässt sich für diese Annahme kein sicheres Argument anführen; ja es ist sogar
unwahrscheinlich, dass die Sarrazenen soweit nach Süden
abbogen, wenn es ihre Absicht war Carcassonne anzugreifen;
man müsste dann mit Cros-Mayrevieille annehmen, die
Sarrazenen seien nach Süden gezogen nur um das Kloster
La Grasse zu plündern. Wir wissen freilich von den An-
fängen des Klosters nur das was uns die Urkunde Karls
des Grossen lehrt; während die ersten Herausgeber sie in
das Jahr 778 verlegten, hat Sickel: Regesta II 279 das
Jahr 800 angesetzt. Damals besass das neugegründete
Kloster schon ansehnliche (nicht näher bezeichnete) Be-
sitzungen und mochte schon 793 die Beutelust der Sarrazenen angeregt haben. Wahrscheinlicher ist aber anzunehmen, das Kloster sei von den Sarrazenen nicht auf dem
Hinmarsch nach Carcassonne, sondern erst nach der Schlacht
angegriffen worden: dieselbe hätte dann im N.-O. von La
Grasse stattgefunden, da wo die Strasse von Narbonne den
Orbieu überschritt. Wir wissen, dass zwar Wilhelm in der
Schlacht unterlag und das Schlachtfeld verlassen musste
„quia socii eius dimiserant eum fugientes", dass aber die
Sarrazenen mit grossen Verlusten sich nach Süden zurück-
zogen. Es war keine eilige Flucht, da die Christen nicht
daran dachten den Feind zu verfolgen, sondern „collecta
spolia reversi sunt in Ispaniam" (Ann. Anian. Hist. générale
de Languedoc Bd. II Preuves col. 6). War es nicht fast
unvermeidlich, dass das Heer oder eine Abteilung desselben
das Orbieuthal aufwärts zog bis Fabrezan, wo das Flüsschen la Nielle (in lateinischen Urkunden Nigella, Niella)

2

in den Orbieu mündet, und den in den Gesta geschilderten
Weg nach La Grasse wählte, angezogen durch die Hoffnung
auf Plünderung der klösterlichen Niederlassungen an der
Nielle. (Les Palais = St. Maria de Palatio, freilich erst
1172 bezeugt: Mahul II p. 255, St. Laurent de la Cabrerisse: Schenkungsurkunde von Karl dem Kahlen, ib. p. 214.)
Nach der ersten Version dieser Episode in den Gesta
wurden die Sarrazenen verhindert La Grasse anzugreifen
durch das Vordringen Turpins, der sie von Camplong aus
überfiel und bei Notre-Dame de Carla (am Flüsschen Alsou
westlich von La Grasse) schlug. Nach der zweiten Version
wurden die Sarrazenen südlicher in der Gegend von Prat
(südl. von La Grasse) von den Mönchen geschlagen; die
Verlegung des Schlachtfeldes nach Süden erklärt sich dadurch, dass in der zweiten Version der Angriff der Sarrazenen nicht dem Kloster galt, sondern der Zelle der sieben
Eremiten auf dem mons bressorum (= villa Bersas) südlich
von La Grasse. Nach dieser Erzählung scheint also in der
Gegend von La Grasse ein wenigstens für die Lokalgeschichte
nicht unbedeutender Zusammenstoss zwischen den Sarrazenen und den Christen (ursprünglich wohl der aus Mönchen
und den Untergebenen des Klosters gebildeten Besatzung)
stattgefunden zu haben und für dieses Ereignis passt wohl
kein Zeitpunkt besser als das Jahr der Schlacht am Orbieu 793.[1])

Hält man diese Annahme für möglich, so frägt es
sich, wo der Verfasser der Gesta diese Nachrichten ge-
funden hat; als unmittelbare Quelle ein Epos anzunehmen,
verbietet die genaue Topographie: so beliebt im Epos die

---

[1]) Auch die Lokalsage scheint eine Erinnerung an dies Er-
eigniss bewahrt zu haben. Solche Sagen sind natürlich immer
mit Vorsicht aufzunehmen. Die Erinnerungen an die Sarrazenen-
kämpfe waren wohl noch in später Zeit so lebendig, dass leicht
solche Erzählungen entstehen konnten als halbgelehrte Deutungen
von seltsamen Naturerscheinungen, Funden von Gräbern u. dgl.
In der Gegend von La Grasse besonders mochten die Gesta und
die Verehrung Karls als Gründer des Klosters die Entstehung
von Sagen begünstigt haben. Immerhin ist es bemerkenswert,
dass die Volkssage von Gräberfunden bei Caunettes-en-Val sprach,
die Sarrazenenleichen enthalten sollten.

— 19 —

Aufzählungen von Personennamen sind — ein Name regt die Phantasie an, zaubert dem Hörer eine bekannte epische Figur vor die Seele —, so dürftig sind die geographischen Angaben. Wenige Namen bleiben in der Erinnerung haften, weil eine geographische Bezeichnung etwas an sich farbloses, nichtssagendes ist. Wird ein Kriegszug erzählt, so genügen dem Dichter meist einige allgemeine Wendungen, die in ihrer prägnanten Kürze unmittelbarer auf das Gemüt wirken als ein ausführlicher Bericht „n'i ad castel qui devant lui remaigne — Murs ne citet n'i est remes a fraindre" (Rol. v. 4 s.). Da nun die Erzählung des misslungenen Angriffs auf La Grasse und Mons bressorum nicht vom Verfasser der Gesta erfunden ist, so bleibt wohl nur eine Erklärung übrig: es lag ihm ein schriftlicher Bericht vor, eine alte Klosteraufzeichnung, der freilich eine poetische Darstellung des Ereignisses zu Grunde liegen könnte. Die Bezeichnung der fünf sarrazenischen Könige nach spanischen Städten, die Einführung des Königs von Ilerda, der die andern Könige zur Flucht mahnt, würden in eine epische Darstellung sehr gut passen.

Neben dieser in doppelter Version erhaltenen Episode finden wir auffallenderweise eine zweite, ebenfalls in doppelter Gestalt, die uns auf den Ursprung der Hauptepisode in den Gesta, der Einnahme von Narbonne, führt. In der schon erwähnten Arbeit versuchte ich den Zusammenhang nachzuweisen zwischen dieser Erzählung und dem kurzen Bericht über einen Zug Karls des Grossen nach Catalonien, wie er uns in einem seltsamen liturgischen Text erhalten ist, dem „Officium von Gerona zu Ehren Karls des Grossen", aus dem 14. Jahrhundert. In zwei Versionen[1], einer ausführlicheren und einer kürzeren, wird erzählt, dass Karl nach der Einnahme von Narbonne nach Spanien zog und das heidnische Heer in die Pyrenäenpässe trieb. Marcilius, der König der Sarrazenen, wurde in einer Bergfeste eingeschlossen, die in einer Version Espartus oder Portus genannt wird, in der andern Malpartus; beide Namen werden

---

[1] s. den Text mit den Parallelstellen aus den Gesta: Dissert. S. 58—66.

2*

— 20 —

als eine Neubezeichnung für denselben früheren Albarras
oder Del Barra = Albarès (eigentl. Höhenzug von Prats
de Mollo bis Cap Cerbère in den Pyrenäen) bezeichnet.
Ein flüchtiger Vergleich dieser Erzählung mit den Gesta
zeigt, dass diese Schilderung übereinstimmt mit der Erzählung der Flucht Marsile's und seiner Einschliessung in
„Montagut", das von Turpin umgetauft wird und fernerhin
„Clausa" heissen soll und identisch ist mit „ad Albaras"
oder Mal Pas (im lateinischen Texte Malus Pertusus).
Dieser Bericht über die Flucht Marsile's in die Pyrenäenpässe, den wir ausführlich am Schluss der Gesta finden,
erscheint, in kurzem Auszug und seltsam verknüpft mit der
Erzählung der Erbauung von La Grasse, im ersten Teile
wieder. Hier wird ein erster Angriff Marsile's gegen Karl
erzählt, der für die Heiden einen ähnlich verhängnisvollen
Ausgang hat wie der zweite; wir erfahren aber nur, dass
die Heiden bis La Clausa (latein. La Clusa) fliehen, dann
von Roland weiter vier Tage lang verfolgt werden.[1]

---

[1] Für die Durchführung des Vergleiches zwischen den zwei
Versionen der Gesta und dem Officium sei nochmals auf die
Diss. hingewiesen. p. 71 ff. Damals war mir aber die Uebereinstimmung der Gesta und der kürzeren Version des Officiums in
einem besonderen Punkte entgangen: in der ausführlichen Version des Officiums wird der Pyrenäenpass, in dem Marsile eingeschlossen wird, Espartus und Portus genannt, während die
kürzere Version bietet: „pervenit ad montis verticem qui vocatur
Albarras, postea nominatus est Malpartus", was zu dem „mal pas,
malus pertusus", der Gesta stimmt. Malus pertusus ist ein in der
Gegend auch sonst vorkommender Ortsname und bezeichnet hier
den bekannten Col de Pertus. Wenn die provenzalische Uebersetzung dafür „Mal pas" schreibt, so ist das wohl nur eine ety-
mologische Umdeutung für Malpertus. Espartus der ausführlichen Version des Officiums ist offenbar zusammengesetzt aus
partus = pertus und dem catalanischen Artikel es = ipse (cf. im
Officium: Saclusa für La Clusa). Trotz der Uebereinstimmung
der kürzeren Version des Officiums und der Gesta in diesem
einen Punkte werden wir daran festhalten, dass die beiden Offi-
ciumversionen einer gemeinsamen Quelle entspringen, in der der
Pyrenäenpass Maluspertusus hiess; woraus die eine Version selbständig Espartus machte (der Ausdruck „in loco vocato Espartus
qui antea vocabatur del Barra" scheint anzudeuten, dass auch
in diesem Texte ursprünglich der Name Malpartus stand als eine

Durch Vergleichung der letzten Kapitel der Gesta mit den beiden Versionen des Officiums kamen wir zu dem Schluss, für beide Texte eine gemeinsame Quelle anzunehmen, auf deren Beschaffenheit wir noch eingehen werden, von der wir aber jetzt schon sagen können, dass sie einen Zug Karls des Grossen nach Catalonien in Verbindung brachte mit einem Einfall des Almassor von Corduba und Marsile's in Südfrankreich und der Verfolgung Marsile's durch die Christen bis in die Bergfesten der Pyrenäen. Ist aber diese Verknüpfung der beiden Ereignisse ursprünglich oder waren etwa in der von den Gesta und dem Officium benutzten Quelle zwei von Hause aus unabhängige Stoffe zu einem Ganzen verarbeitet? Für die zweite Annahme scheint mir folgendes zu sprechen: die zweite ausführlichere Schilderung des Einfalls Marsile's und seiner Verfolgung durch Karl unterbricht in ungeschickter Weise die Erzählung des letzten Aufenthaltes Karls des Grossen in dem neugegründeten Kloster La Grasse: der Erzähler hat eben mit der Taufe der Königin von Narbonne und ihrer Vermählung mit einem christlichen Helden der Narbonneepisode ihren natürlichen Abschluss gegeben (vgl. den ganz ähnlichen Schluss der Prise d'Orange ed. Jonkbloet v. 1862 ff.) und zugleich mit der Belehnung des Abtes von La Grasse, dem Aymeri den Vassalleneid leisten muss, der Verherrlichung des Klosters die Krone aufgesetzt, der Kaiser ist eben im Begriff nach Spanien aufzubrechen, da melden sechs Boten, dass die kaum eroberte Stadt Narbonne schon wieder in die Hände Marsile's geraten ist. Statt nun sofort gegen die Sarrazenen zu ziehen, schickt der Kaiser Boten nach allen Gegenden des Reiches aus und einige Seiten weiter werden die Länder aufgezählt, die Kontingente senden; eine erste Liste nennt ausser Städten und Landschaften Südfrankreichs auch die Normannen, während die zweite Aufzählung Britten, Deutsche mit den verschiedensten Völkerschaften Frankreichs verknüpft, im Ganzen 130 000 Mann. Ausserdem lässt der

---

aus der topographischen Beschaffenheit des Passes gezogene Neubezeichnung).

Kaiser das Kloster mit Mauern umgeben (was bereits früher geschehen war) „ne si venirent (sc. Sarraceni) eo absente possent monasterium destruere", das Alles während der Feind einige Kilometer nördlich von La Grasse steht: Roland und Aymeri allein ziehen gegen Marsile aus, besiegen ihn und der Almassor von Corduba, welcher mit Marsile das heidnische Heer befehligt, wird von Roland getötet. Karl dagegen begiebt sich nach Carcassonne, wo er von dem Bischof empfangen wird und Falco, den Gatten der eben getauften Sarrazenenkönigin, begrüsst. Hier erfährt er die Niederlage der Heiden und empfängt das Heer der Gascogner und weitere Hülfstruppen. Endlich entschliesst er sich die Heiden selbst anzugreifen, vernichtet das Heer der Aragonier, siegt in mehreren Treffen, erobert Narbonne und zwingt Marsile sich eiligst nach Spanien zurückzuziehen. Seine Flucht und Verfolgung bildet den Abschluss der Erzählung, worauf berichtet wird, dass Karl nach La Grasse zurückgekehrt die Consecration des Klosters vornimmt und die geplante Expedition nach Spanien anordnet. Die Rolle, die der Kaiser bei der Nachricht von einem neuen Angriff der Heiden spielt, die Aussendung der Boten in die entferntesten Gegenden des Reiches, während der Feind das Land ringsum besetzt hält, das Alles widerspricht so sehr den elementarsten Forderungen der Wahrscheinlichkeit, dass wir unmöglich annehmen können der Verfasser der Gesta habe ohne äussere Veranlassung den Gang der Darstellung derart gestört. Nehmen wir dagegen an, dass ihm oder bereits seinem Vorgänger zwei getrennte Stoffe vorlagen, die Niederlage und Flucht Marsile's und der Zug Karls nach Spanien, und dass er der cyklischen Tendenz der Zeit folgend sie beide zu einem Ganzen zu verarbeiten suchte, so erklärt sich bei seiner auch sonst bewiesenen Unbeholfenheit, die Störung und Unkonsequenz in der Darstellung. Natürlicher wäre es gewesen zunächst die Niederlage und Flucht Marsile's zu erzählen, dann etwa die Consecration des Klosters einzufügen und die Unterbrechung der Kriegsoperation zu benutzen, um der Ankunft der Hülfstruppen den Schein der Wahrscheinlichkeit zu geben, dann die gewaltigen Rüstungen Karls zu seinem Zuge nach

Spanien folgen zu lassen. Nahe lag es aber, das allgemeine Aufgebot, das Karl an seine Unterthanen ergehen lässt, mit dem Einfall Marsile's in Verbindung zu bringen und das haben die Gesta oder ihre Quelle gethan. Sie lassen Karl den Grossen Truppen sammeln und das Kloster befestigen, während Roland und Aymeri mit den Leuten über die sie gerade verfügen den Feind schlagen. Dass nun diese ungeschickte Darstellung bereits in der Vorlage der Gesta vorhanden war, ergiebt sich daraus, dass auch das Officium sie bietet und nicht direkt die Gesta benutzt hat, sondern aus einer gemeinsamen Quelle schöpft. Auch im Officium ist die Flucht Marsile's mit dem Zuge Karls nach Spanien verknüpft. Betrachten wir nun diese zwei Erzählungen näher, so fällt uns zunächst die Aehnlichkeit auf der Erzählung von dem misslungenen Versuch des Almassor's von Corduba und Marsile's Narbonne zurückzuerobern und der Schlussepisode des Epos Aymeri de Narbonne, worauf zuerst Demaison hinwies (Aym. de Narbonne ed. Demaison I p. CCXXXVIII), ohne aber, wie mir scheint, die aus der Prüfung beider Texte für die ursprüngliche Gestalt des Aymeriepos sich ergebenden Thatsachen voll erkannt zu haben. Im Epos wird erzählt, dass während Aymeri auf seiner Brautfahrt nach Pavia begriffen ist, ein Sarrazene die beiden Könige von Narbonne, Baufumé und Desramé, in Orange aufsucht, wohin sie durch eine „croute" nach dem ersten Angriff Aymeri's geflohen waren. Der Bote fordert sie auf die schwache Besatzung von Narbonne anzugreifen. Sofort „reiten" die Könige nach Babylon (Kairo) zum „amirant", der ein gewaltiges Heer versammelt, in „Terasconne" (Tarragona, Ostküste von Spanien) landet und von hier über Avalence (?) nach Narbonne zieht. Nach gewaltigen Kämpfen, an denen der eilig zurückgerufene Aymeri und Girard de Viane teilnehmen, wird das heidnische Heer vernichtet; den beiden Königen gelingt es zu entfliehen und mit 30 Getreuen Cordres zu erreichen. Warum fliehen sie dahin und nicht etwa nach Nîmes oder Orange wie am Anfang des Krieges? Der Grund dafür ist leicht einzusehen. Die Flucht der beiden Könige durch einen unterirdischen Gang und der

Kriegszug des „amirant" von Babylon sind junge Zuthaten
eingeführt durch den letzten Redaktor des Epos. Ursprünglich wurde der Zug von Cordova (Cordres) aus unternommen, der amirant von Babylon ersetzt hier wie in der Ba-
ligantepisode des Rolandsliedes (cf. Dissertat. p. 36) einen
spanischen König. Dank der Erwähnung von Cordres
können wir uns ein klares Bild von dem ursprünglichen
Inhalt des Aymeri de Narbonne machen; wir können auch
ziemlich genau erkennen, wo der Ueberarbeiter angesetzt
hat. Das ursprüngliche Gedicht erzählte mit engem Anschluss an die historischen Begebenheiten die Belagerung
von Narbonne durch Karl und Aymeri und den miss-
glückten Versuch des Emirs von Cordova die Stadt zu
entsetzen, seine Niederlage und eilige Flucht. Dem Vor-
bilde der späteren Epen folgend verlegte der Ueberarbeiter
den Sitz des Emirs von Cordova nach Babylon-Kairo und
statt von Narbonne aus einen Boten nach Babylon ent-
senden zu lassen, erzählte er dass Desramé und Baufumé
durch den unterirdischen Gang nach Orange flohen, wo
sie auffallenderweise blieben, statt sofort den Herrscher
von Babylon um Hülfe zu bitten. Die Verse 972—1011
sind sicher nicht ursprünglich: den unterirdischen Gang
kennen wir aus andern Epen der Spätzeit.[1]) Wenn wir
die romanhafte Erzählung von der Brautfahrt Aymeri's mit
den Ereignissen in Babylon ausscheiden, so erhalten wir
ein Gedicht von mässigem Umfang, das wenigstens was den
Inhalt betrifft uns ein annäherndes Bild von der ursprünglichen Chanson de geste giebt (c. laisse IV—XXX incl.
XXXII—XXXIX. XCIX—CVII).

Halten wir nun den Schluss von Aymeri de Narbonne mit
den Gesta zusammen, so fallen uns neben den übereinstim-
menden Zügen schwerwiegende Abweichungen auf. Die Uebereinstimmung der beiden Erzählungen in den Hauptzügen

---

[1]) So gelingt es Wilhelm und seinen Genossen, die in
Orange gefangen sind, durch eine solche „bove", die bis zur
Rhône führt, Hülfe von Bertrand zu erlangen, nachdem wenige
Verse vorher erzählt war, dass die Heiden durch einen ähn-
lichen Gang in die Burg Gloriete eingedrungen sind (Prise
d'Orange).

kann nicht zufällig sein: in beiden Fällen handelt es sich
(wenn wir uns auf die eben versuchte Wiederherstellung
des ursprünglichen Gedichtes stützen dürfen), um einen
von Cordova aus unternommenen Zug der Sarrazenen, welche
Narbonne den Christen zu entreissen suchen. Beide Züge
scheitern an dem Widerstande der Christen und endigen
mit der Flucht der heidnischen Könige. In beiden Erzählungen spielt Aymeri eine bedeutende Rolle und tötet
eigenhändig einen der sarrazenischen Fürsten. Abweichend
sind die Namen der sarrazenischen Heerführer. Im Epos
sind es der „amirant" von Babylon oder ursprünglich ein
spanischer Emir und die schon genannten Desramé und
Baufumé, in den Gesta Marsile und der Almassor von Corduba. Da wir nun offenbar in diesem Zuge den Zug von
737 unter Amor zu erkennen haben, so werden wir in dem
Amirant der Chanson de geste, in Marsile der Gesta „qui
tunc temporis erat dominus totius Yspanie" ein und dieselbe Figur sehen nämlich den Gouverneur von Spanien
Okbâ, auf die Veränderung der Namen dagegen weniger
Wert legen, da diese Namen sarrazenischer Fürsten allgemeinen Gestalten anhaften, mithin leicht vertauscht werden
konnten. Wir werden uns nur fragen, ob im Epos Desramé
und Baufumé nach den ersten Kämpfen Narbonne verliessen,
um Hülfe in Spanien zu suchen oder ob wir sie uns gar
ursprünglich als Emire in Spanien zu denken haben: Desramé[1]), der Abd-el-Rhamân der Geschichte, scheint von
Narbonne untrennbar zu sein; denn in Narbonne haben
zwei Emire dieses Namens in den kritischen Jahren des
8. Jahrhunderts geherrscht. Natürlicher scheint es zu sein
anzunehmen, dass Desramé von Narbonne aus Boten nach
Spanien schickte und der Gouverneur von Spanien ein
Heer nach Frankreich schickte: wir hätten dann im Epos
und in den Gesta entsprechende Gestalten, den „amirant"

---

[1]) Desramé ist eine der wenigen für uns greifbaren epischen
Figuren auf sarrazenischer Seite. Wir finden ihn in einer Reihe
von Epen des Wilhelmcyklus wieder: Charrois, Prise d'Orange,
Cov. Vivien, wo er als Haupt der „païennie" aufgefasst wird.
Alisc. v. 1085 wird er zusammen mit Baufumé genannt: Et Bau-
fumez qui iert niés Desramé."

auf der einen Seite, Marsile und den almassor von Corduba
auf der anderen. Auch in dem Punkte hätten die Gesta
die ursprüngliche Form der Erzählung treuer bewahrt.[1])
Der Schluss der Episode in der Chanson de geste, in der
die zwei Sarrazenenkönige zur See nach Spanien entfliehen,
hat den historischen Sachverhalt in der ursprünglichen
Form erhalten: nach der Niederlage an dem Flüsschen
Berre flohen die Sarrazenen zu ihren Schiffen und die
Christen „super eos insiliunt suffocantesque in aquis in-
terimunt". In den Gesta dagegen wird noch die Flucht
Marsile's und seine Einschliessung in La Clusa erzählt.
Ist dieser Schluss ursprünglich in der den Gesta zu Grunde
liegenden Version oder bildete er etwa eine Episode des
Zuges Karls nach Catalonien vor der von uns oben an-
genommenen Vereinigung beider Erzählungen? Das wird
sich jetzt kaum noch entscheiden lassen.

Vergleichen wir nun den ersten Teil des Aymeri de
Narbonne mit der Erzählung der Einnahme Narbonne's in
den Gesta, so finden wir, dass die Voraussetzung beider
Episoden eine verschiedene ist, was die oben erwähnte
Arbeit nachzuweisen versuchte. In den Gesta ist die Einnahme von Narbonne vor einen Zug Karls nach Catalonien
gesetzt, in Aymeri de Narbonne dagegen nach den verhängnisvollen spanischen Feldzug, der mit der Niederlage
von Roncevaux schliesst. Die Form der Sage, wie sie in
den Gesta erhalten ist, scheint deswegen ursprünglicher zu
sein als die im Epos überlieferte, weil letztere voraussetzt,
dass Aymeri und seine Verwandten an dem Kampfe von
Roncevaux teilgenommen haben, wovon das Rolandslied
nichts weiss und dann weil diese Version gegen das am
Schluss des Rolandsliedes angegebene ganz richtige Itinerar[2])
Karls verstösst, der von Roncevaux aus nach Bordeaux
zieht und darauf die Gironde überschreitet. Andererseits

---

[1]) Dass im Epos die Schilderung des Todes des „amirant", den Aymeri allein im sarrazenischen Lager aufsucht und
mitten unter seinen Truppen erschlägt, nicht ursprünglich sondern
romanhafte Erfindung ist, ist wenigstens wahrscheinlich.
[2]) cf. Jullian „Blayes dans la Chanson de Roland": Romania 1896.

bezeugen zahlreiche Anspielungen in verschiedenen Texten die Existenz einer Tradition über einen Zug Karls nach Catalonien über die Ostpyrenäen. Mit diesem Zuge wäre die Narbonneepisode in Verbindung gebracht worden, doch erst in späterer Zeit, wie wir oben sahen, während ursprünglich die Einnahme von Narbonne selbständig erzählt war dem historischen Verlauf der Ereignisse entsprechend. Freilich bleibt so der erhabene und wie es scheint aus der besten Zeit der Ependichtung stammende Beginn des Aymeri de Narbonne unerklärt, der zur Voraussetzung hat, dass die christlichen Helden eben einen furchtbaren, aufreibenden Feldzug überstanden haben. Aber was hindert uns anzunehmen, dass ein gottbegabter Dichter sich der Erzählung von der Einnahme Narbonnes bemächtigte, den dankbaren Stoff selbständig umarbeitete und mit dem Roncevaux-Epos in Verbindung brachte? Da das Epos in seiner jetzigen Form etwa aus der ersten Hälfte des 13. Jahrhunderts stammt und die Sage sich spätestens im 9. Jahrhundert ausgebildet haben muss (mag man nun mündliche Ueberlieferung oder, was mir wahrscheinlicher ist, poetisch fixierte Erzählung annehmen), so muss sich natürlich das Epos in diesem Zeitraum von 200—300 Jahren, allen Zufälligkeiten und der Willkür der Sänger und Abschreiber preisgegeben, vielfach verändert haben.

Auf eine Reihe von wichtigen Uebereinstimmungen zwischen dem Epos Aymeri de Narbonne und den Gesta hat bereits Demaison hingewiesen (Ausgabe v. Aym. de Narbonne Einleit.), einige weitere Punkte habe ich Dissert. p. 32 ff. hinzugefügt. Erwähnt sei hier noch, dass bei der Erstürmung der Stadt „Aymericus venit ad palatium regium et Judaei reddiderunt ei eum et posuerunt vexillum Karoli superius, postea cucurrerunt per totam villam" (offenbar Aymeri und die Seinen) cf. Aym. de Narbonne v. 177 ss. „Tant fiert li cuens et avant et arrier — Et avec lui maint vaillant chevalier — Que il s'en entrent el grant pales plenier; — El mestre estage fet s'ensengne drecier — Cuens Aymeris et au vent baloier." Bei der Bestürmung der Stadt durch Aymeri (= erster Angriff in Aymeri de Narbonne) ruft Aymeri seinen Schlachtruf „Narbonne" aus:

„sed Matrandus hoc audiens indignatus quesivit ab eo quare Narbonam clamaverat et ille respondit, quod Karolus dederat eam ei" cf. Aym. de Narbonne v. 932: Aymeri ruft vor den Thoren der Stadt „Nerbone"... „moie est ceste cité — Fil a putain, fel glonton desfaé — Randez-moi tost la mestre fermeté — Car Charlemaine m'en a le don doné. — Se vos nel faites, tuz seroiz desmenbré" etc. Die Rolle, welche die jüdische Bevölkerung bei der Einnahme der Stadt spielt, hat Demaison mit Recht erklärt aus dem Verhalten der Gothen bei der Einnahme Narbonne's durch die Franken unter Pipin (s. Aym. de Narb. I p. CCXXXIX). In der Geschichte der Kämpfe zwischen den Sarrazenen und Christen in Südfrankreich wiederholen sich mehrmals dieselben Scenen; bald sind es die Juden bald die Gothen, die belagerte Städte den Sarrazenen oder Christen durch heimliche Verträge überliefern.[1])

Neben der Schilderung der Kämpfe um Narbonne enthalten die Gesta noch manche Züge, die dem Epos entnommen sind. Der ursprünglichen Sage von der Einnahme Narbonne's fehlt offenbar die in die Gesta eingeführte Gestalt der Sarrazenenkönigin Oriunda, der Geliebten Rolands. Oriunda schwört ihren Glauben ab, wird ihrem Gatten, dem König von Narbonne, untreu und heiratet einen Christen. Sie ist eine uns wohlbekannte Figur, die wir in zahlreichen Bearbeitungen älterer Epen und in der Gruppe der künstlichen, nicht mehr auf geschichtlicher Basis beruhenden

---

[1]) a. 848 wird Bordeaux von den Normannen mit Hülfe der jüdischen Bevölkerung erobert (Hist. génér. de Languedoc I 1054). a. 852 überliefern die Juden Barcelona dem Feldherrn des Emirs von Cordova Abderrhamân (ib. p. 1065). Die freilich erst im 9. Jahrh. geschriebene apocryphe Vita des heil. Theodardus erzählt, dass Toulouse von den Juden an die Sarrazenen überliefert wurde (ib. I p. 791 und Anm. von A. Molinier IV, Note II). Es konnte sich leicht eine Sage gerade an den Namen der Juden knüpfen, die das Mittelalter als Verfolger Christi verachtete, cf. die symbolische Handlung in Toulouse, wo jährlich während des Osterfestes ein Jude vor dem Altar eine Ohrfeige erhielt s. Adhemari Cabannensis Historiarum libri III, III c. 52 (wie masslos sich der Groll der Christen gegen die Juden äusserte, zeigt die Erzählung bei Adh. Caban., wo ein Priester dem Juden „cerebrum illico et oculos ex capite perfido ad terram effudit...").

Produkte der Spätzeit wiederfinden. Den geistlichen Verfasser der Gesta erkennt man an der seltsamen Behandlung dieses Motivs. Er hat zwar die romanhafte Figur des Knappen der Königin beibehalten, der von Roland gefangen genommen und mit einem Ringe für Oriunda zurückgeschickt wird. Während aber sonst die Dichter die sarrazenische Heldin als ein leidenschaftliches sich über die Schranken der Sitte hinwegsetzendes Weib schildern, verwandeln die Gesta die sinnliche Leidenschaft in platonische auf Bewunderung des Christenglaubens beruhende Zuneigung zu Roland. Aus Abscheu vor den Irrtümern der muhamedanischen Religion flieht sie zu Karl dem Grossen. Die Thatsache, dass sie ihrem Gatten die Treue bricht, wird als selbstverständlich hingestellt, da ja vom religiösen Standpunkt der Gesta aus die Ehe mit einem Heiden nicht bindend sein kann. Im Epos kommt freilich auch die religiöse Frage in Betracht, das Hauptmotiv aber, welches etwa Orable oder Mabille zu ihrer Handlung antreibt, ist die Leidenschaft. Auch in anderer Beziehung haben die Gesta dieses profane Motiv umgearbeitet. Es fällt auf, dass während bei der ersten Erwähnung der Königin von ihrer Liebe zu Roland gesprochen wird (sie rühmt sich dieser Liebe ihrem Gatten gegenüber), später die heidnische Königin ohne Erwähnung Rolands unter den Christen einen sonst unbekannten Falco von Montesclaire zum Gatten sich aussucht. Die Gesta haben wohl eine ihnen vorliegende romanhafte Darstellung frei umgearbeitet, um aus irgend einem Grunde einen Falco zu verherrlichen, der wohl ursprünglich der Oriundaepisode fern stand. Leider ist es mir nicht gelungen im Epos eine Falco entsprechende Figur zu finden. Oriunda ist nach den Gesta Tochter des Almassors von Corduba „qui dederat filiam suam Matrando regi Narbone"; auf seine Bitte hin unternimmt Marsile mit den spanischen Königen den oben näher betrachteten Zug nach Frankreich. Dass dieses Verwandtschaftsverhältnis, das den Almassor bewegt seinem bedrängten Schwiegersohn zu Hülfe zu eilen, nicht auf Erfindung beruht, scheint mir hervorzugehen aus der Existenz eines ganz ähnlichen epischen Motivs, das wir in der Kompilation der „Narbonesi" freilich in anderem Zusammenhange wiederfinden: Es ist eben erzählt worden, dass die Narbonesi einen furchtbaren Angriff der afrikanischen Sarrazenen auf Spanien siegreich zurückgeschlagen haben und dass flüchtige Könige der Sarrazenen sich zum Sultan von Babylon begeben um Hülfe zu suchen. Unter ihnen ist Alepantino, König von Gerona in Catalonien, dem Arnaldo (Hernaut de Gironde) seine Stadt und seine Frau entrissen hat. Dieselbe ist die Tochter des Sultans, der sich besonders auf Antreiben seines Sohnes Leonfero entschliesst, die Narbonesi in ihrer Hauptstadt anzugreifen. Leonfero zieht gegen die Christen aus und belagert Narbonne. Im Zweikampfe mit Ghibellino wird er getötet, seine Leiche wird dem Sultan, seinem Vater, zurückgebracht, der im Verein mit Tibaldo einen gewaltigen Rachezug unternimmt. Der Rahmen, in den die Erzählung in beiden Texten eingefügt ist, ist verschieden; in den Gesta geschieht der Zug während der Belagerung von Narbonne durch die Christen, in den Narbonesi lange nach diesem Ereignis; Alepantino ist König von Gerona, seine Frau wird von Arnaldo ihm entrissen. Andererseits stimmen doch die beiden Versionen in den wichtigsten Punkten überein: der Sultan von Babylon ersetzt wohl wie in Aymeri de Narbonne den Almassor von Cordova; seine Tochter fällt wie Oriunda in die Gewalt der Christen (letztere allerdings freiwillig), sein Sohn unternimmt einen Zug nach Narbonne, wie Justeamundus, der Bruder Oriunda's, in den Gesta, beide fallen im Zweikampf gegen einen christlichen Helden. Wenn wir bedenken, mit welcher souveränen Willkür die Narbonesi den Sagenstoff behandeln, so werden wir wohl auf die Existenz eines epischen Motivs schliessen dürfen, einen jener zahlreichen epischen Gemeinplätze, welche die Bausteine sind, aus denen spätere Dichter künstlich ihr Werk aufrichten. Ob dieses Motiv ursprünglich mit der Narbonne- oder mit der Geronasage verknüpft war, lässt sich nicht mehr mit Sicherheit ermitteln; letzteres ist deswegen unwahrscheinlich, weil auch sonst die Erzählung der Einnahme von Gerona, wie wir sie in den Narbonesi lesen, nicht mit der uns aus Anspielungen bekannten Sage übereinstimmt. Möglich ist dagegen, dass

in der ursprünglichen Version der Einnahme von Narbonne
der Almassor von Corduba Schwiegervater des Königs von
Narbonne war und dieser Umstand ihn zu dem Rachezug
gegen die Christen bewog, dass dann der Verfasser der
Gesta die Gestalt der Sarrazenenkönigin aufgegriffen hat
und mit dem zweiten Motiv — Liebe zu einem Christen,
Verrat des Gatten, Taufe und Heirat — in Verbindung
gebracht hat. So würde sich der Umstand erklären, dass
die Königin in den ersten Kapiteln der Gesta nur als „regina"
bezeichnet wird, plötzlich aber den Namen Oriunda erhält
in der jüngeren romanhaften Erzählung ihrer Flucht in das
christliche Lager.[1])

Neben diesen dem Epos entlehnten Motiven hat der
Verfasser der Gesta einzelne Züge aus dem Schatze der
„Universallegende" geschöpft, die von Anfang der epischen
Litteratur an erweiternd, umgestaltend auf die dem historischen Epos zu Grunde liegenden Ereignisse eingewirkt
hat. Eine historische Figur wird zur epischen Gestalt, ein
Epos entsteht dadurch, dass Erzähler, später Dichter und
Zuhörer in einer von Sagen gesättigten Atmosphäre sich
bewegend, Selbsterlebtes oder Gehörtes unwillkürlich mit
den ewig frischen Blumen der Sage schmücken: so erhält
Roland sein wunderbares Horn, das dann auf rein littera-
rischem Wege ein Dichter der späteren Zeit auf Vivien
übertrug. Wir finden z. T. diese epischen Züge in fremden
Litteraturen wieder, wie etwa die Stoffe unserer Märchen,
z. T. sind sie aus der gelehrten Litteratur in die Volks-
litteratur eingedrungen: eine solche Sage gelehrten Ursprungs ist die kurze Erzählung der wunderbaren Einnahme
Carcassonnes durch Karl den Grossen, vor dem die Türme

---

[1]) Auf das Epos weisen uns die zahlreichen von Karl an
Matrand geschickten Gesandtschaften und ihre Zurückweisung,
besonders die Stelle, wo Matrand die Gesandten köpfen will, aber
von seiner Frau daran verhindert wird (cf. die von P. Rajna:
Le origini dell' epopea franc. p. 257 angeführte Stelle aus dem
Roman d'Aquin). Wichtig ist auch die Thatsache, dass die
meisten Namen der sarrazenischen Könige entweder dem Epos
entnommen sind oder in der Geschichte der Kämpfe zwischen
den Sarrazenen und Christen vorkommen.

der Stadt zu Boden sinken. Es ist dies kein eigentlich epischer Zug, denn dem realistischen altfranzösischen Epos scheint ursprünglich das „Wunder" fremd zu sein.[1]) Das Motiv ist wohl dem alten Testament entnommen (Einnahme von Jericho cf. im Rolandslied das Wunder Josua's, vor dem die Sonne stehen bleibt, auf Karl übertragen). Wir finden den Zug wieder in der Vida de S. Honorat; im Cod. Ven. IV des Rolandsliedes wird Narbonne durch ein ähnliches Wunder erobert (cf. Demaison: Aym. de Narbonne I p. CCXLVI f. CCC, wo man zahlreiche weitere Beispiele findet. cf. P. Rajna: Le origini dell' epopea francese p. 247 f. p. 248 Anm. 2).

II.

Wir haben versucht aus der z. T. sehr verworrenen Darstellung der Kämpfe vor Narbonne, der Erbauung und Einweihung des Klosters La Grasse die wesentlichen der religiösen Legende, der Tradition, der Geschichte und der epischen Litteratur entnommenen Züge auszuscheiden. Bei der Betrachtung der historischen und legendarischen Elemente des Buches haben wir zugleich den Charakter der von den Gesta benutzten Quellen festzustellen versucht. Nichts zwingt uns anzunehmen, dass den Gesta eine einzige Quelle vorlag; vielmehr scheint der Autor selbständig verschiedene teils historische, teils legendarische Nachrichten mit einander verarbeitet zu haben. Weit schwieriger und wichtiger ist die Frage zu beantworten, welchen Quellen der Autor den epischen Teil des Buches entnommen hat. Es scheint ihm eine Kompilation vorgelegen zu haben, in der die drei oben betrachteten Episoden, Einnahme von Narbonne, Kampf mit Marsile, Verfolgung Marsile's in die Pyrenäenpässe und Zug Karls des Grossen nach Ostspanien bereits kombiniert waren und die gleichfalls vom Officium

---

[1]) Ein mit dem früh entwickelten Charakter der französischen Litteratur übereinstimmender Zug, der in der erzählenden Poesie der späteren Zeit fortlebt.

von Gerona benutzt wurde. Auf diese hier angenommene Kompilation scheint sich eine Notiz am Schluss der Gesta zu beziehen, die in den provenzalischen Texten und der französischen Uebersetzung fehlt. Der Verfasser des Buches, der sich *Guillermus Paduanus* nennt, sagt, dass er über die Kämpfe Karls in Spanien, die Eroberung dieses Landes und der „übrigen Provinzen" und über die weiteren Thaten des Kaisers nichts vermocht hat „in scriptis redigere nec veraciter ennarrare. Sed ut memoria hedificatiouis et con-secrationis monasterii in perpetuum habeatur, ego Guillermus Paduanus supradicta omnia, que de quadam ystoria ve-tustissima, quam vix legere potueram, elicui, prout melius et brevius potui, nichil tamen omisso de his que ad hedi-ficationem consecrationemve pertinebant, compilavi (Hs. compilavit)". Aus dieser Notiz erfahren wir zunächst, dass *Guillermus Paduanus* als Autor des uns vorliegenden Buches anzusehen ist. Leider lässt sich über diesen Guillermus, der seinen Beinamen wohl von seiner Vater-stadt erhalten hatte und als Mönch in La Grasse lebte, nichts bestimmtes aussagen.[1]) Guillermus charakterisiert seine Arbeit als einen Auszug aus einem umfassenderen Werke, dem er Alles auf La Grasse und die Gründung des Klosters bezügliche entnahm. Ob die Gründungsgeschichte selbst in dem Buche erzählt war, lässt sich aus der leider unklaren Bemerkung nicht mit Sicherheit folgern. Dass aber in einem Buche, in dem mehr erzählt war als in den Gesta und das nicht die Verherrlichung des einen Klosters zum Gegenstande hatte, die Gründungsgeschichte von La Grasse ausführlich behandelt war, ist unwahrscheinlich. Guillermus meint also Karl der Grosse habe wohl noch andere Thaten ausgeführt, über die er aber nichts berichten könne; er habe nur das seiner Quelle entnommen, was

---

[1]) Die Annahme Ciampi's (Ausgabe der Gesta Einleit. S. xɪf.) der den Guillermus Paduanus mit einem Monachus Paduanus, Verfasser einer Lombardischen Chronik des 13. Jahrh., identi-fizieren wollte, der möglicherweise vor den Verfolgungen Ezze-lino's da Romano nach La Grasse sich geflüchtet hatte, ist bereits von Fauriel als ganz unwahrscheinlich zurückgewiesen worden. (s. Hist. littér. de la France Bd. XXI p. 373—82.)

auf La Grasse Bezug hatte, sich während der Gründung
und Einweihung des Klosters zugetragen hatte. Die weiteren Kämpfe Karls des Grossen waren also in dem benutzten Buche nicht erzählt. Den Abschluss bildeten
wohl die Kämpfe in Katalonien und die Eroberung von
Gerona. Es war also eine Kompilation der Lokalgeschichte Südfrankreichs in der Zeit der Kämpfe gegen die
Sarrazenen.

Schwierig ist die Deutung einer wichtigen Stelle im
Prolog der Gesta, die sich gleichfalls nur in der lateinischen
Version erhalten hat. Nach allgemeinen Bemerkungen über
das menschliche Erinnerungsvermögen heisst es Karl der
Grosse habe die von ihm vorgenommene Gründung von
La Grasse und die Kämpfe vor Carcassonne und Narbonne
durch seinen Geschichtsschreiber *Filomena* aufzeichnen
lassen „que ystoria antiquata litteratura et fere destructa
in librorum repositorio dicti monasterii fuit inventa; quam
ystoriam ad instanciam et precum (sic!) viri venerabilis Dei
gratia *Bernardi Abbatis* et totius conventus dicti monasterii,
beata Dei genitrice Maria adjuvante, latinis verbis ego
Paduanus conposui, prout mei possibilitas fuit translatare,
principium faciens in ipso ystorie primordio, que capta
Carcassona, et Christianorum ⟨multitudine⟩ populata, hedi-
ficatis ecclesiis incohatur". Aus dieser Bemerkung, die wir
keinen Grund haben zu verwerfen, erfahren wir, dass *Paduanus* ein altes Buch der Klosterbibliothek übersetzt hat,
so gut er es konnte, dass das Buch aus irgend einem nicht
mehr erkennbaren Grunde als das Werk eines uns unbekannten Filomena angesehen wurde, und dass dasselbe
ebenso anfing wie die uns vorliegenden Gesta. Welcher
Art die Benutzung dieses Buches war lässt sich wegen der
dunkeln Ausdrucksweise schwer mit Bestimmtheit sagen.
Sicher ist aber die Annahme abzuweisen, dass der provenzalische Text wie er uns in zwei Handschriften vorliegt,
die Vorlage der lateinischen Version ist.[1] Dass das Ver-
hältniss vielmehr umgekehrt ist, ergiebt sich daraus, dass
an manchen Stellen der provenzalische Text Lücken und

[1] Wie Fauriel annimmt Hist. littér. de la France Bd. XXI.

Fehler aufweist, ohne dass man sie mit Sicherheit einem Schreiber zuschreiben könnte.[1]) Die Namen der sarrazenischen Könige weisen in der provenzalischen Version z. T. noch die lateinische Nominativ- und Akkusativendung auf, so *Fureus, Fureum* in demselben Satze, dem lateinischen Texte entsprechend; *alter toletanus (sc. rex.)* cf. prov. *l'autre de toletana. Supersingus* prov. *sobrecingus. Quarantus — guarantus.* Die andern Abweichungen der provenzalischen Version von der lateinischen erklären sich aus der Natur der benutzten Handschriften, aus der Thatsache, dass der provenzalische Uebersetzer einen z. T. besseren Text benutzt hat als die uns erhaltenen lateinischen Handschriften ihn bieten.

Fassen wir andererseits die Möglichkeit einer Vorlage in der Vulgärsprache für die lateinische Version der Gesta ins Auge, so fällt uns weniger die vollständig romanische Färbung des Ausdrucks auf, die auch von einem ohne lateinisches Sprachgefühl romanisch denkenden Mönch herrühren könnte, als vielmehr die grosse Anzahl von Wendungen, welche direkt der Vulgärsprache entnommen sind, speziell der

---

[1]) Massgebend ist z. B. die Stelle Ciampi p. 78, wo der lateinische Text zu dem Worte *almassoris* eine Randglosse *regis* aufgenommen hat und schreibt: *rex evulsus a sella per monachum non debet ulnis almassoris sive regis filie ulterius amplexari.* Der provenz. Text schreibt: *no deu per los brasses de la filha del rey almassor esser abrassatz*, versucht also den latein. Text zu verbessern. Aehnlich Ciampi p. 11 f.: *et archiepiscopus portavit ei vas quoddam plenum vino et ciphum*, das offenbar entstanden ist aus *ciphum pl. vino* durch Aufnahme der Glosse *vas quoddam*, prov.: *portec li de vi et enap* übersetzt den interpolierten lateinischen Text: so allein erklärt sich prov. *et enap*. In einer der Listen von sarrazenischen Königen fehlen im provenz. Texte mehrere Namen, die der Uebersetzer bereits in seiner Vorlage nicht mehr vorfand; denn während da, wo die Namen noch vorhanden sind, *„rey"* ohne Artikel steht (z. B. *lo.x. es rey d'uses et a nom Tamarin*), wird der Artikel gebraucht, wenn die Namen fehlen: *lo.iii. es lo rey d'Aurenga.* Für das richtige *„duo fuerunt de Alamannia, de Raynaborc, alter de Anglia, Londrensis"* hat der provenz. Text *„la.i. fo de Alamanha, l'autre de Raynaborc.* Das dem prov. Schreiber unbekannte *marochinum* (Ciampi p. 80: *quendam nobilem militem Marochinum*) behält er in der latein. Form bei: *un noble cavayer marochinum.*

3*

Sprache des Volksepos. Im Unterschied von ähnlichen lateinischen Bearbeitungen von volkstümlichen Stoffen, die eine
Uebersetzung des volkstümlichen Ausdrucks in die Sprache
des lateinischen Epos versuchen, klassische, schwülstige
Wendungen nachahmen, zeigt der Stil der Gesta keine
Spur einer Beeinflussung durch die lateinische Epik. Die
Kampfscenen sind ganz „romanisch" gedacht und muten
einen wie Uebersetzungen an. Ausdrücke wie *lapides et
circulos galearum*; *fuit prelium, strages, detruncatio capi-
tum et aliorum membrorum; ordinatis scalis (= escheles)*[1])
u. s. w. erklären sich nicht als selbstständige Bildungen unter
der Feder eines Geistlichen; durch ihre auffallende Aehnlichkeit mit epischen Wendungen verraten sie ihren Ursprung.
Auf einige Einzelheiten, die für die Annahme einer romanischen
Quelle der Gesta sprechen, sei noch besonders hingewiesen:
in der Liste der spanischen Könige wird ein Golias, rex
Dalmatie oder *Dalmarie* (je nach der Hs.) genannt; gemeint ist die spanische Stadt Almaria. Der Fehler lässt
sich kaum anders erklären, als durch die Annahme eines
romanischen Genitivs *d'Almaria,* da sonst im lateinischen
Texte der Gesta die Namen der Städte im Genitiv oder
in der Adjektivform stehen (nur einmal und zwar ohne *rex*:
Tornaferius de Barbasta). Auffallend ist, dass die provenzalische Version das richtige *d'Almaria* hat, was sich
aber sehr wohl als eine selbstständige Decomposition aus
Dalmarie erklärt. Wichtiger ist das Vorkommen von
romanischen Formen im lateinischen Texte: *usque a la Clusa*
(Pyrenäenpass; für die Vorlage wird die romanische Form
bezeugt durch die entsprechende Stelle im Offizium von
Gerona „ad locum qui dicitur *Saclusa*" . . . mit dem
katalanischen Artikel *sa*); cum ense sua *Joiosa* (in beiden
lateinischen Hss.); die echte romanische Namensform

---

[1]) Andere ähnliche Ausdrücke habe ich Dissert. p. 48 s.
mit entsprechenden Wendungen der epischen Sprache zusammen-
gestellt. Die Vergleiche liessen sich vermehren. cf. den episch
gefärbten Ausdruck im sogen. Haager Bruchstück, das Gröber
in seiner trefflichen Abhandlung „Zum Haager Bruchstück"
auf eine chanson de geste zurückführt. (Herrig's Archiv für das
Studium der neueren Sprachen und Litteraturen Bd. 84 p. 291 ff.)

Gaynes[1]) war offenbar dem Autor unbekannt: er behielt sie unverändert bei in der korrupten Stelle Ciampi p. 38 *hotoynis Karoli Gaynes nomine*;[2]) wichtig sind die Formen Augerius *Danesus*, während Pseudoturpin rex *Dacie* gebraucht; Ancelmus *de Prohis = de Provins, Boves, Gilius*, de villa que vocatur *Roham = Rouen*, per ripariam de *Niela* (die lateinischen Urkunden haben z. T. Nigella, sonst Niela) per ripariam *Tornisharni*, episcopus de *Chartres* oder *Chartris, Taynabuc* (l. *Raynaborc*) = *Regensburg*.

Fragen wir uns nun, ob diese angenommene Vorlage französisch oder provenzalisch war. Für letztere Annahme spricht, wie mir scheint, die Thatsache, dass in der lateinischen Version Naimes, der Ratgeber Karls des Grossen, Aymo genannt wird; die Auffassung des n als provenz. *en*, ist schwer erklärlich, wenn man annimmt, dass der Uebersetzer einen **französischen** Text vor sich hatte. Der provenzalische Text hat die Form *Naymes*, die aber auf das Aymo der lateinischen Version zurückgeht; denn für latein. Aymoni hat der provenz. Text einmal *ad Ymo* (=*Aymo*); für *e Naymes* = lat. *et Aymoni* ist also *e n'Aymes* zu schreiben; an zwei anderen Stellen ist *senhor Naymes, lo senher Naymes = dominus Aymo*, aus ursprünglichem *n'Aymes* entstanden, irrtümlich von einem Schreiber als *Naymes* aufgefasst und mit dem Titel *senher* versehen. Für eine provenzalische Quelle sprechen auch die Formen Augerius *Danesus* aus prov. *Danes*, Ancelmus de *Prohis* (*Provins* v behandelt wie in *Proensa*). Gehen wir nun einen Schritt weiter, so drängt sich uns die Frage auf, in welcher Sprache die Gedichte verfasst waren, welche der von *Guillermus* benutzten Kompilation zu Grunde lagen. Der epische Ausdruck in den Gesta, die korrekte Form der Namen sarrazenischer aus der epischen Litteratur bekannter Könige

---

[1]) Beachtenswert ist die Beibehaltung der alten roman. Nominativform cf. G. Paris: le „carmen de proditione Guenonis" Romania XI, p. 487. Turpin hat Ganalo, Ganalonus.

[2]) In *hotoynis* scheint auch eine romanische Form versteckt zu sein, die sich mit Hülfe der Form *cuiat* des provenz. Textes als *conhat* (*ho* aus dem Artikel *lo* entstanden?) vermutungsweise wiederherstellen lässt.

gestatten uns nicht die Kompilation ihrerseits für eine Uebersetzung etwa französischer Gedichte aufzufassen: bei der
Uebertragung aus einer Sprache in die andere hätten sich der
Ausdruck und die Wortformen zu stark verändert, als dass
epische Wendungen und Namen noch in der lateinischen Version erkennbar wären. Die epischen Erzählungen, aus denen
uns die Gesta Auszüge und Fragmente erhalten haben, müssten
also im provenzalischen Sprachgebiete entstanden sein. Es
wäre vermessen in diesem Zusammenhange die schwierige
Frage nach der Existenz einer provenzalischen epischen
Litteratur beantworten zu wollen. Es sei uns aber doch
gestattet die Frage hier aufzuwerfen und eine Bemerkung
zu Gunsten dieser Hypothese einer provenzalischen chanson
de geste beizufügen. Wie liesse sich die in den ursprünglichen Epen streng durchgeführte Scheidung zwischen den
beiden „Gesten" Karls und der südfranzösischen Helden
anders erklären, als durch die Annahme lokal verschiedenen
Ursprungs der Gedichte und poëtischen Gestalten? Wie
kommt es, dass während der langen Entwickelungsperiode
der Roncevaux-Sage weder Aymeri noch einer der Verwandten Wilhelm's in diese Sage eingedrungen ist, während
umgekehrt die Verbindung der Narbonnesage mit der Roncevaux-Sage sich als ein Versuch erweist, künstlich zwei getrennte Sagenkreise zu verknüpfen? Die einzelnen Kämpfe und
Städteeroberungen in Südfrankreich und Katalonien konnten
nur die unmittelbar Beteiligten interessieren, sodass wir
uns trotz der dagegen angeführten Argumente doch fragen
müssen, ob nicht im unmittelbaren Anschluss an diese Kämpfe
in Südfrankreich Epen oder wenigstens kürzere erzählende
Gedichte entstanden, in denen sich eine Gruppe von Helden-
figuren ausgebildet hätte, die erst nachträglich in die nord-
französische Epik eindrangen und künstlich mit den nordfranzösischen Helden (besonders mit Wilhelm, Graf von
Toulouse) in Verbindung gebracht wurden. Der gänzliche
Untergang dieser supponierten Litteratur scheint mir kein
schwerwiegendes Argument gegen eine solche Annahme
zu sein. Es könnte sich doch nur um Gedichte handeln,
die in der ältesten Periode entstanden wären, im 9. und
10. Jahrhundert, also in einer Zeit deren Litteratur uns über-

haupt nicht mehr erhalten ist; in der Zeit, in der die
ältesten nur teilweise durch die Kritik erreichbaren aber
notwendigen Vorstufen der uns erhaltenen französischen
Epen entstanden. Im elften und zwölften Jahrhundert eine
etwa durch die Albigenserkriege oder sonst ein Ereignis zer-
störte provenzalische Ependichtung anzunehmen, würde
freilich aller Wahrscheinlichkeit widersprechen, nicht aber,
wie mir scheint, die Annahme einer epischen Volksdichtung,
deren Entwickelung und künstlerische Ausbildung durch
das frühzeitige Aufblühen des Hoflebens, der höfischen
Lyrik unterbrochen worden wäre. Aus den Anspielungen der
Troubadours auf die Existenz dieser Litteratur zu schliessen,
wäre ganz unberechtigt und ebenso gewagt der Versuch in
den epischen Gedichten der späteren provenzalischen Litteratur Reste der hier als möglich angenommenen Volks-
poesie zu erkennen. Diese Hypothese ändert also nichts
an unsern Vorstellungen über das Epos und überhaupt
über die provenzalische Litteratur der Blütezeit. Das alte
Buch mit der „fast zerstörten“ Schrift, welches der Paduaner
Mönch in der Klosterbibliothek von La Grasse vorfand und
teilweise übersetzte, könnten wir als eine Sammlung solcher
vorlitterarischer Epen ansehen.

Fragen wir uns wann die Gesta entstanden sind, so
giebt uns die Erwähnung des Abtes Bernhard, auf dessen
Befehl das Buch entstand, einen sichern Anhaltspunkt.
Es giebt im 13. Jahrhundert zwei Aebte dieses Namens in
La Grasse: *Bernhard II.* wird Abt 1205, *Bernhard III.*
wird Abt 1237 und lebt noch 1255.[1]) Ciampi führt in der
Einleitung seiner Ausgabe verschiedene Argumente an, auf
deren Grund er die Entstehung des Buches in die Zeit
Bernhards III. verlegt. Diese Argumente sind für uns
wertlos;[2]) sie beweisen nur, was wir schon wissen, dass

---

[1]) Gallia Christiana Bd. VI. 946. Bernhard I., der im 10. Jahrhundert lebt kommt natürlich nicht in Betracht. Bernhard II.
kann höchstens 3 Jahre lang Abt gewesen sein: bereits 1208 wird
Guillermus de Cerviano als Abt erwähnt, 1208, 1215, 1221, 1224
ist Benedictus d'Allignan Abt, noch erwähnt 1230. Berengarius II.
1234. Bernhard III. 1237.

[2]) Aus der Erwähnung der 12 Pairs schliesst er, dass die
Gesta nicht vor 1226 oder 1257 entstanden sein können. Es ist

die Gesta nicht vor 1200 entstanden sind. Die zahlreichen in den Gesta erwähnten Heiligen, die Klostergründungen und Kircheneinweihungen geben leider keinen Anhaltspunkt für die genauere Datierung des Werkes: sie gehören alle der karolingischen Epoche oder der Zeit vor 1200 an. Einen terminus ante quem finden wir in der Thatsache, dass Aymeri in den Gesta das gewaltige Gebiet der Grafen von Toulouse in seiner Hand vereinigt. Eine solche Vorstellung ist nicht mehr denkbar nach dem für Südfrankreich und die Grafen von Toulouse verhängnisvollen Albigenserkrieg: im Jahre 1229 wurde das Herzogtum Narbonne von der Grafschaft Toulouse losgelöst und königliches Lehen. Die Macht der Grafen von Toulouse war gebrochen. Die Entstehung der Gesta unter Abt Bernhard III. (1237—55) scheint mir danach unmöglich zu sein. Die Gesta müssten also in den ersten Jahren des 13. Jahrhunderts entstanden sein.

---

aber klar, dass die Gesta die 12 Pairs dem Epos entnommen haben. Die „Picardi", die in den Gesta erwähnt werden, sollen bei Du Cange nicht vor dem 13. Jahrh. belegt sein. D. C. sagt aber ausdrücklich, der Name komme zuerst 1100 vor. Die Elevation der Hostie, das Fasten am Sabbat sollen Gebräuche des 12. Jahrh. sein. Das Fasten wurde schon durch Innocenz I. zum allgemeinen Gesetz erhoben (s. F. X. Kraus: Real-Encyclop. der christlichen Alterthümer s. v. Sabbat).